Collection rose

A. BRIZEUX

Marie

PARIS

LIBRAIRIE A. LEMERRE

Marie

Petite Collection rose

A. BRIZEUX

Marie

PARIS

LIBRAIRIE A. LEMERRE

BRIZEUX
(1803-1858)

Auguste Brizeux est né à Lorient, le 12 septembre 1803, d'une famille originaire de cette Irlande, cette « verte Erin » qu'il aima et chanta comme une seconde patrie. A seize ans il quitte la Bretagne, dont il emporte l'image, le parfum et la chanson au plus profond de son âme. Il termine ses études à Arras, où l'un de ses grands oncles dirige le collège; puis après deux années passées à Lorient dans une étude d'avoué, le voici à Paris. Triste, inquiet, déraciné douloureux, entre les murs de sa chambre solitaire il évoque le pays lointain dans une œuvre d'un charme infiniment doux et tendre, aussi pure, suave et délicatement nuancée qu'un paysage d'Armor, Marie. Ce poème du pays natal et de l'enfance est salué par Sainte-Beuve du nom de chef-

d'œuvre. « *Les plus vrais tableaux, écrit-il,
les plus vives réalités, qu'il nous offre, ont
un parfum antique, qui trahit une instinc-
tive familiarité avec les maîtres de l'âge
d'élégance, avec les poètes du Musée de
l'Anthologie. Mais chez l'auteur de Marie
tout cela est si habilement fondu, si inti-
mement élaboré au sein d'une mélancolie
personnelle et d'une originalité indigène,
que la critique la plus pénétrante ne sau-
rait démêler qu'une confuse réminiscence
dans ce produit vivant d'un art achevé et
que, si elle voulait marquer d'un nom ce
fruit nouveau, elle serait contrainte d'y
rattacher simplement le nom du poète.* »

C'est à la Bretagne que Brizeux a con-
sacré tout son génie : les Fleurs d'Or, les
Histoires poétiques, Primel et Nola et l'épo-
pée des Bretons. Avec un recueil de poésies
en langue bretonne, Telen Arvor, il a laissé
en outre une traduction de la Divine Co-
médie.

Marie

Rien ne trouble ta paix, ô doux Léal! le monde
En vain s'agite et pousse une plainte profonde,
Tu n'as pas entendu ce long gémissement,
Et ton eau vers la mer coule aussi mollement :
Sur l'herbe de tes prés les joyeuses cavales
Luttent chaque matin, et ces belles rivales
Toujours d'un bord à l'autre appellent leurs époux,
Qui plongent dans tes flots, hennissants et jaloux :
Il m'en souvient ici, comme en cette soirée
Où de bœufs, de chevaux notre barque entourée

Sous leurs pieds s'abîmait, quand nous, hardis marins,
Nous gagnâmes le bord, suspendus à leurs crins,
Excitant par nos voix et suivant à la nage
Ce troupeau qui montait pêle-mêle au rivage.
J'irai, j'irai revoir les saules du Létà,
Et toi qu'en ses beaux jours mon enfance habita,
Paroisse bien-aimée, humble coin de la terre,
Où l'on peut vivre encore et mourir solitaire !

Aujourd'hui que tout cœur est triste et que chacun
Doit gémir sur lui-même et sur le mal commun ;
Que le monde, épuisé par une ardente fièvre,
N'a plus un souffle pur pour rafraîchir sa lèvre ;
Qu'après un si long temps de périls et d'efforts,
Dans l'ardeur du combat succombent les plus forts ;
Que d'autres, haletants, rendus de lassitude,
Sont près de défaillir, alors la solitude
Vers son riant lointain nous attire, et nos voix
Se prennent à chanter l'eau, les fleurs et les bois ;
Alors c'est un bonheur, quand tout meurt ou chancelle,
De se mêler à l'âme immense, universelle,
D'oublier ce qui fuit, les peuples et les jours,

Pour vivre avec Dieu seul, et partout et toujours.
Ainsi, lorsque la flamme au milieu d'une ville
Éclate, et qu'il n'est plus contre elle un sûr asile,
Hommes, femmes, chargés de leurs petits enfants,
Se sauvent demi-nus, et, couchés dans les champs,
Ils regardent de loin, dans un morne silence,
L'incendie en fureur qui mugit et s'élance ;
Cependant la nature est calme, dans les cieux
Chaque étoile poursuit son cours mystérieux,
Nul anneau n'est brisé dans la chaîne infinie,
Et l'univers entier roule avec harmonie.

Immuable nature, apparais aujourd'hui !
Que chacun dans ton sein dépose son ennui !
Tâche de nous séduire à tes beautés suprêmes,
Car nous sommes bien las du monde et de nous-mêmes :
Si tu veux dévoiler ton front jeune et divin,
Peut-être, heureux vieillards, nous sourirons enfin !

Celle pour qui j'écris avec amour ce livre
Ne le lira jamais ; quand le soir la délivre
Des longs travaux du jour, des soins de la maison,

C'est assez à son fils de dire une chanson ;
D'ailleurs, en parcourant chaque feuille légère,
Ses yeux n'y trouveraient qu'une langue étrangère,
Elle qui n'a rien vu que ses champs, ses taillis,
Et parle seulement la langue du pays.
Pourtant je veux poursuivre ; et quelque ami peut-être,
Resté dans nos forêts et venant à connaître
Ce livre où son beau temps tout joyeux renaîtra,
Dans une fête, un jour, en dansant lui dira
Cette histoire qu'ici j'ai commencé d'écrire,
Et qu'en son ignorance elle ne doit pas lire ;
Un sourire incrédule, un regard curieux,
A ce récit naïf, passeront dans ses yeux ;
Puis, de nouveau mêlée à la foule qui gronde,
Tout entière au plaisir elle suivra la ronde.

A ma Mère

Je crois l'entendre encor, quand, sa main sur mon bras,
Autour des verts remparts nous allions pas à pas :
« Oui, quand tu pars, mon fils, oui, c'est un vide immense,
Un morne et froid désert où la nuit recommence ;
Ma fidèle maison, le jardin mes amours,
Tout cela n'est plus rien ; et j'en ai pour huit jours,
J'en ai pour tous ces mois d'octobre et de novembre,
Mon fils, à te chercher partout de chambre en chambre,
— Songe à mes longs ennuis ! — et, lasse enfin d'errer,
Je tombe sur ma chaise et me mets à pleurer.

Ah ! souvent je l'ai dit : « dans une humble cabane,
« Plutôt filer son chanvre, obscure paysanne !
« Du moins on est ensemble, et le jour, dans les champs,
« Quand on lève la tête, on peut voir ses enfants ».
Mais le savoir, l'orgueil, mille folles chimères
Vous rendent tous ingrats, et vous quittez vos mères.
Que nous sert, ô mon Dieu ! notre fécondité,
Si le toit paternel est par eux déserté ;
Si, quand nous viendra l'âge (et bientôt j'en vois l'heure),
Parents abandonnés, veufs dans notre demeure,
Tournant languissamment les yeux autour de nous,
Seuls nous nous retrouvons, tristes et vieux époux ? »
Alors elle se tut. Sentant mon cœur se fondre,
J'essuyais à l'écart mes pleurs pour lui répondre ;
Muets, nous poursuivions ainsi notre chemin,
Quand cette pauvre mère, en me serrant la main :
« Je t'afflige, mon fils, je t'afflige !... Pardonne !
C'est qu'avec toi, vois-tu, l'avenir m'abandonne.
En toi j'ai plus qu'un fils ; oui, je retrouve en toi
Un frère, un autre époux, un cœur fait comme moi,
A qui l'on peut s'ouvrir, ouvrir toute son âme ;
Pensif, tu comprends bien les chagrins d'une femme ;

Tous m'aiment tendrement, mais ta bouche et tes yeux,
Mon fils, au fond du cœur vont chercher les aveux.
Pour notre sort commun, demande a ton aïeule,
J'avais fait bien des plans, — mais il faut rester seule;
Nous avions toutes deux bien rêvé, — mais tu pars.
Pour la dernière fois, le long de ces remparts,
L'un sur l'autre appuyés, nous causons, ô misère !
C'est bien, ne gronde pas… Chez ta bonne grand'mère
Rentrons. Tu sais son âge ! en faisant tes adieux,
Embrasse-la longtemps… Ah ! nous espérions mieux. »

Le Livre blanc

J'entrais dans mes seize ans, léger de corps et d'âme,
Mes cheveux entouraient mon front d'un filet d'or,
Tout mon être était vierge et pourtant plein de flamme,
Et vers mille bonheurs je tentais mon essor.

Lors m'apparut mon ange, aimante créature ;
Un beau livre brillait sur sa robe de lin,
Livre blanc ; chaque feuille était unie et pure.
« C'est à toi, me dit-il, d'en remplir le vélin. »

« Tâche de n'y laisser aucune page vide :
Que l'an, le mois, le jour, attestent ton labeur !
Point de ligne surtout et tremblante et livide
Que l'œil fuit, que la main ne tourne qu'avec peur !

« Fais une histoire calme et doucement suivie ;
Pense, chaque matin, à la page du soir :
Vieillard, tu souriras au livre de ta vie,
Et Dieu te sourira lui-même en ton miroir. »

Marie

Assez ! sonneur, assez ! vous briserez la cloche !
Sa voix par les vallons roule de roche en roche.
Les pâtres dans l'étable ont renfermé les bœufs.
« Le catéchisme sonne, Iann, peignez vos cheveux.
— Vous me rapporterez, Daniel, de l'eau bénite.
— Et vous, partez aussi, Marie, et courez vite. »

Chaque jour, vers midi, par un ciel chaud et lourd,
Elle arrivait pieds nus à l'église du bourg,

Dans les beaux mois d'été, lorsque au bord d'une haie
On réveille en passant un lézard qui s'effraie,
Quand les grains des épis commencent a durcir,
Les herbes a sécher, et l'airelle a noircir;
D'autres enfants aussi venaient de leur village,
Tous, pieds nus, en chemin écartant le feuillage
Pour y trouver des nids, et tous a leur chapeau
Portant ces nénuphars qui fleurissent sur l'eau.
Alors le vieux curé, par un long exercice,
Nous préparait ensemble au divin sacrifice,
Lisait le catéchisme, et, nous donnant le ton,
Entonnait a l'autel un cantique breton.
Mêlant nos grands cheveux, serrés l'un contre l'autre,
Nous ecoutions ainsi la voix du digne apotre;
Lui, sa gaule à la main, passait entre les rangs
Et mettait les rieurs à genoux sur leurs bancs. —
Que celui dont l'enfance ennuyée et stérile
A langui tristement au milieu d'une ville,
Dans une cour obscure, une chambre, où ses yeux
A peine entrevoyaient la verdure et les cieux,
Se raille du passé, le dédaigne et l'offense!
Hélas! le malheureux n'a jamais eu d'enfance;

Il n'a pas grandi libre et joyeux en plein air,
Au murmure des pins, sur le bord de la mer;
L'odeur de la forêt, et pénétrante et vive,
N'a point trempé ses sens, et quelque amour naïve,
Demeurée en son cœur à travers l'avenir,
Jamais, vieux et chagrin, ne peut le rajeunir...
Oh! quand venait Marie, ou lorsque le dimanche,
A vêpres, je voyais briller sa robe blanche,
Et qu'au bas de l'église elle arrivait enfin,
Se cachant à demi sous sa coiffe de lin,
Volontiers j'aurais cru voir la Vierge immortelle,
Ainsi qu'elle appelée, et bonne aussi comme elle!
Savais-je en ce temps-là pourquoi mon cœur l'aimait,
Si ses yeux étaient bleus, si sa voix me charmait,
Ou sa taille élancée, ou sa peau brune et pure?
Non! J'aimais une jeune et douce créature,
Et sans chercher comment, sans me rien demander,
L'office se passait à nous bien regarder.
Je lui disais parfois: « Embrassons-nous, Marie! »
Et je prenais ses mains; mais vers sa métairie
La sauvage fuyait; et moi, jeune amoureux,
Je courais sur ses pas au fond du chemin creux;

Longtemps je la suivais, sous le bois, dans la lande,
Dans les prés tout remplis d'une herbe épaisse et grande ;
Enfin je m'arrêtais, ne pouvant plus la voir.
Elle, courant toujours, arrivait au Monstoir.

—

Jours passés, que chacun rappelle avec des larmes,
Jours qu'en vain l'on regrette, aviez-vous tant de charmes ?
Où les vents troublaient-ils aussi votre clarté,
Et l'ennui du présent fait-il votre beauté ?

Le Pays

Oh! ne quittez jamais, c'est moi qui vous le dis,
Le devant de la porte où l'on jouait jadis,
L'église où, tout enfant, et d'une voix légère,
Vous chantiez à la messe auprès de votre mère ;
Et la petite école où, traînant chaque pas,
Vous alliez le matin, oh! ne la quittez pas !
Car une fois perdu parmi ces capitales,
Ces immenses Paris, aux tourmentes fatales,
Repos, fraîche gaîté, tout s'y vient engloutir,
Et vous les maudissez sans pouvoir en sortir.

Croyez qu'il sera doux de voir un jour peut-être.
Vos fils étudier sous votre bon vieux maître,
Dans l'église avec vous chanter au même banc,
Et jouer à la porte où l'on jouait enfant.

Le Barde

Morne et seul, je passais mes jours à m'attrister,
Mais l'Esprit du pays m'est venu visiter,
Et le son de sa voix semblait le chant des brises
Qui sifflent dans la lande aux bords des pierres grises.

Il dit : « Je fus un barde, et l'on me chante encor.
Cette colline verte au-dessous de Ker-rorh
Est ma tombe. A ses pieds le torrent se déchaîne.
Là, durant les chaleurs, sous les branches d'un chêne,

Un vieux prêtre chrétien souvent venait s'asseoir ;
Et toi, qui par la main guidais cet homme noir,
Enfant, tu l'asseyais près de lui sur la mousse,
Et tu lisais alors d'une voix calme et douce.
D'un sage et vieux druide, ainsi, dans la forêt,
Disciple, je suivis l'enseignement secret.
J'ai redit vos discours aux Esprits des bruyères ;
Et ceux des bois taillis, des étangs, des rivières,
Quand ton livre s'ouvrait, volaient en tourbillons :
On eût dit sous le chêne un essaim de frelons,
Tant arrivaient d'Esprits, d'Ombres et d'Ames folles
Pour recueillir le miel des savantes paroles.
On t'aimait. A la nuit, quand par le bois d'Elo
Tu revenais au bourg, des touffes de bouleau
Entendais-tu sortir des plaintes étouffées ?
Ces plaintes, cher enfant, étaient celles des fées ;
C'étaient leurs cris d'amour, leurs chants grêles, leurs vœux
Car plusieurs te suivaient en baisant tes cheveux,
Et quand l'une dans l'air déployait son écharpe
Tous les bardes chantaient inclinés sur la harpe.

« Cette nuit, le jeune homme est triste ; la cité

3

Le retient dans ses murs comme en captivité ;
Seul près de son foyer, voyant le bois qui fume,
Il pense au sombre Arvor tout entouré de brume,
Il entend la mer battre au pied de Log-Oñ,
Et la nue en pleurant passer sur Comana.
Jeune homme, dans ton cœur ainsi tu te désoles ;
Mais Paris, c'est le lieu des arts et des écoles,
Ici toute science a ses temples ouverts ;
Et l'Armorique, hélas ! n'a plus que ses bois verts.
Rejeton du passé, barde, notre espérance,
Reste encore et grandis dans ces villes de France !
L'Esprit de ton pays viendra te visiter.
Quand ton cœur est trop plein, laisse ton cœur chanter.

« Adieu ! L'ombre pâlit. Sur tes vitres mouillées
Comme le vent se plaint ! Bruyantes et gonflées,
Les sources vers la mer vont dégorger leurs eaux,
Et les rocs de Penn-Marc'h déchirent les vaisseaux,
Par tes vers, ô chrétien ! calme donc ces flots sombres,
Car le Christ a ravi leur force aux anciens Nombres. »

Hymne

Pieux servants de l'art, conservez la Beauté !
De ce moule où le monde en naissant fut jeté
Des types merveilleux sortirent ; le poète
Comme dans un cristal dans ses chants les reflète.
Par le Grand Ouvrier tel fut l'ordre prescrit :
Il mit les Éléments sous la loi d'un Esprit,
Pour que chaque rouage, en l'immense machine,
Remplît, sans dévier, sa fonction divine ;

Et les artistes saints, créateurs après Dieu,
Animés de son souffle, éclairés de son feu,
Durent par les couleurs, et le marbre, et la lyre,
Rendre de l'univers ce qu'ils y savent lire.
Il est doux par le Beau d'être ainsi tourmenté,
Et de le reproduire avec simplicité ;
Il est doux de sentir une jeune figure
S'élever, sous nos mains, harmonieuse et pure,
Si belle qu'on l'adore et qu'on en fait le tour,
Amoureux de l'ensemble et de chaque contour ;
Sous la forme il est doux de répandre la flamme,
En s'écriant : « Voici la fille de mon âme !
Jusqu'au foyer d'amour pour elle j'ai monté :
Admirez ce reflet de la divinité ! »
Nous ne redirons pas ce que disait la haine,
Que toute poésie est une chose vaine :
Chanter, peindre, sculpter, c'est ravir au tombeau
Ce que la main divine a créé de plus beau ;
Chanter, c'est prier Dieu ; peindre, c'est rendre hommage
A celui qui forma l'homme à sa propre image ;
Le poète inspiré, le peintre, le sculpteur,
L'artiste, enfant du ciel, après Dieu créateur,

Qui jeta dans le monde une œuvre harmonieuse,
Peut se dire : « J'ai fait une œuvre vertueuse ! »
Le Beau, c'est vers le Bien un sentier radieux,
C'est le vêtement d'or qui le pare à nos yeux.

Marie

Humble et bon vieux curé d'Arzannô, digne prêtre,
Que tel je respectais, que j'aimais comme maître,
Pour occuper tes jours, si pleins, si réguliers,
N'as-tu plus près de toi tes pauvres écoliers?
Hélas ! je fus l'un d'eux ! Dans ma douleur présente,
J'aime à me rappeler cette vie innocente ;
Leurs noms, je les sais tous : Albin, Élô, Daniel,
Alan du bourg de Scaer, Ives le Ker-fhuel,
Tous jeunes paysans aux costumes étranges,
Portant de longs cheveux flottants, comme les anges

Oh ! je pleurai d'abord longtemps et je gémis :
Pour la première fois je voyais mes amis,
Pour la première fois je quittais mes deux mères ;
D'abord je répandis bien des larmes amères.
Le travail arriva qui sut tout adoucir ;
Le travail, mon effroi, bientôt fit mon plaisir.
Le premier point du jour nous éveillait : bien vite,
La figure lavée, et la prière dite,
Chacun gagnait sa place ; et sur les grands paliers,
Dans les chambres, les cours, le long des escaliers,
En été dans les foins, couchés sous la verdure,
C'était tout le matin, c'était un long murmure,
Comme les blancs ramiers autour de leurs maisons,
D'écoliers a mi-voix répétant leurs leçons ;
Puis la messe, les jeux ; et, les beaux jours de fête,
Des offices sans fin chantés à pleine tête.

Aujourd'hui que mes pas négligent le saint lieu,
Sans culte, et cependant plein de désir vers Dieu,
De ces jours de ferveur, oh ! vous pouvez m'en croire,
L'éclat lointain réchauffe encore ma mémoire,
Le psaume retentit dans mon âme, et ma voix

Retrouve quelques mots des versets d'autrefois.
Jours aimés! jours éteints! Comme un jeune lévite,
Souvent j'ai dans le chœur porté l'aube bénite,
Offert l'onde et le vin au calice, et, le soir,
Aux marches de l'autel balancé l'encensoir.
Cependant tout un peuple à genoux sur la pierre,
Parmi les flots d'encens, les fleurs et la lumière,
Femmes, enfants, vieillards, hommes graves et mûrs,
Tous dans un même vœu, tous avec des cœurs purs,
Disaient le Dieu des fruits et des moissons nouvelles,
Qui darde ses rayons pour sécher les javelles,
Ou quelquefois permet aux fléaux souverains
De faucher les froments et d'emporter les grains;
Les voix montaient, montaient! Moi, penché sur mon livre
Et pareil à celui qu'un grand bonheur enivre,
Je tremblais, de longs pleurs ruisselaient de mes yeux;
Et, comme si Dieu même eût dévoilé les cieux,
Introduit par sa main dans les saintes phalanges,
Je sentais tout mon être éclater en louanges,
Et, noyé dans des flots d'amour et de clarté,
Je m'anéantissais devant l'Immensité!
Je fus poète alors! Sur mon âme embrasée

L'imagination secoua sa rosée,
Et je reçus d'en haut le don intérieur
D'exprimer par des chants ce que j'ai dans le cœur.

Il est dans nos cantons, ô ma chère Bretagne!
Plus d'un terrain fangeux, plus d'une âpre montagne :
Là, de tristes landiers comme nés au hasard,
Où l'on voit à midi se glisser le lézard ;
Puis un silence lourd, fatigant, monotone ;
Nul oiseau dont la voix vous charme et vous étonne.
Mais le grillon qui court de buisson en buisson,
Et toujours vous poursuit du bruit de sa chanson.
Dans nos cantons aussi, lointaines, isolées,
Il est de claires eaux et de fraîches vallées,
Et d'épaisses forêts, et des bosquets de buis,
Où le gibier craintif trouve de sûrs réduits.
Enfant, j'ai traversé plus d'un fleuve à la nage,
Ravi sa dure écorce à plus d'un houx sauvage,
Et sur les chênes verts, de rameaux en rameaux,
Visité dans leurs nids les petits des oiseaux.
En Armorique enfin, de Tréguier jusqu'à Vannes,
Il est dans nos cantons de jeunes paysannes,

Habitantes des bois ou bien du bord des mers,
Toutes belles : leurs dents sont blanches, leurs yeux clairs
Et dans leurs vêtements variés et bizarres
Respirent je ne sais quelles grâces barbares ;
Et si, dans les ardeurs d'un beau mois de juillet,
Haletant, vous entrez et demandez du lait,
Et que, pour vous servir, quelques-unes d'entre elles
Viennent, comme toujours simples et naturelles,
S'accoudant sur la table et causant avec vous,
Ou, pour filer, ployant à terre les genoux,
Vous croyez voir, ravi de ces façons naïves
Et de tant de blancheur sous des couleurs si vives,
La fille de l'El-Orn, caprice d'un follet,
Ou la fée aux yeux bleus qui dans l'âtre filait.

Amour ! religion ! nature ! à mon aurore,
Ainsi vous m'appellez de votre voix sonore !
Et comme un jeune faon, qui court a son réveil
Aux lisières des bois saluer le soleil,
Brame en voyant au ciel la lumière sacrée,
Et, le reste du jour errant sous la fourrée,
Le soir aspire encor de ses larges naseaux

Les feux qui vont mourir dans la fraîcheur des eaux ;
Amour ! religion ! nature ! ainsi mon ame
Aspira les rayons de votre triple flamme ;
Et, dans ce monde obscur où je m'en vais errant,
Vers vos divins soleils je me tourne en pleurant,
Vers celle que j'aimais et qu'on nommait Marie,
Et vers vous, ô mon Dieu, dans ma douce patrie !
Oh ! lorsque après deux ans de poignantes douleurs
Je revis mon pays et ses genêts en fleurs,
Lorsque, sur le chemin, un vieux pâtre celtique
Me donna le bonjour dans son langage antique,
Quand, de troupeaux, de blés causant ainsi tous deux,
Vinrent d'autres Bretons avec leurs longs cheveux,
Oh ! comme alors, pareils au torrent qui s'écoule,
Mes songes les plus frais m'inondèrent en foule !
Je me voyais enfant, heureux comme autrefois,
Et, malgré moi, mes pleurs étouffèrent ma voix !...

Alors, j'ai voulu voir les murs du presbytère
Dont, jeune, j'ai porté la règle salutaire,
Et, m'avançant à l'ouest par un sentier connu,
Au pays des vallons pensif je suis venu.

Déjà, non loin du bourg, j'entrais dans cette lande
Qui jette vers le soir une odeur de lavande,
Quand, d'un étroit chemin tout bordé de halliers,
Près de moi descendit un troupeau d'écoliers ;
Leur maître les suivait quelques pas en arrière,
De son air souriant récitant le bréviaire ;
Lui seul me reconnut ; cependant à mon nom
Je vis dans tous les yeux briller comme un rayon ;
Nous causâmes : au bout de cette promenade,
J'étais pour les plus grands un ancien camarade.

Mes amis d'autrefois aujourd'hui dispersés,
Et comme moi peut-être en bien des lieux froissés,
Revenez comme moi vers cette maison sainte !
Notre jeunesse encor revit dans son enceinte,
Toujours même innocence et même piété,
Et dans l'emploi du temps même variété.
Le soir, comme autrefois, le plus jeune vicaire
Sur un auteur latin au curé fait la guerre ;
D'un vers de l'Énéide on discute le sens ;
César, surtout, César qui dans ses bras puissants
Étreignit l'Armorique, et, frissonnant et blême,

Dans les bras d'un Gaulois fut emporté lui-même,
Sur les crins d'un coursier traîné hors du combat,
Et ne dut son salut qu'au mépris du soldat.

Cependant la nuit tombe. Enfants et domestiques,
Quelques voisins, amis des pieuses pratiques,
S'assemblent dans la salle, et leur humble oraison,
Encens du cœur, s'élève et remplit la maison ;
Et la journée ainsi, pieuse et régulière,
Comme elle a commencé finit dans la prière.

L'Apprentissage

Soit que ma pente aussi vers ce côté m'entraîne,
J'ai juré de fermer mon âme à toute haine,
A tout regret cuisant; ouverte a bien jouir,
De la laisser au jour libre s'épanouir;
De n'aimer d'ici-bas que les plus douces choses;
De me nourrir du Beau, comme du suc des roses
L'abeille se nourrit, sans chercher désormais
Quel mal on pourrait faire à qui n'en fit jamais;
Ainsi, les yeux au ciel ou la tête baissée,
D'aller droit mon chemin en suivant ma pensée,

Tout à mes souvenirs, à mes songes errants,
Qu'au hasard, tour à tour, je quitte et je reprends ;
Tout au devoir, a l'art, à la philosophie ;
Et calme, et solitaire au milieu de la vie,
De traverser les flots de ce monde moqueur,
Sans jamais y mêler ni ma voix ni mon cœur. —
Tel était mon projet ; ce projet fut peu sage.
Lorsque de cette vie on fait l'apprentissage,
Non, ce n'est point assez de s'armer de candeur,
De baisser, en marchant, les yeux avec froideur :
Comme au creux d'un vallon le ruisseau qui s'écoule,
Il faut sur les deux bords toucher à cette foule,
Réfléchir dans son cours bien des objets hideux,
Parfois troubler ses eaux en passant trop près d'eux ;
Pour quelques rossignols chantant sur vos rivages,
Vous entendrez gémir bien des oiseaux sauvages ;
Et les torrents viendront, et le flux de la mer
Parmi vos douces eaux mêlant son sel amer.
Ce monde où l'on doit vivre, oh ! jugeons-le, mon âme !
Partout haine, bassesse, ou jalousie infâme ;
Nulle pitié ; le sang, l'or dieu, la fausseté,
Et sous tous ses aspects l'ignoble lâcheté !

Non, ce n'est pas assez pour le chevreuil timide
De n'aimer que les bois et la feuillée humide :
Il a pour fuir les loups des pieds aériens,
Et deux rameaux aigus pour éventrer les chiens.

Le Chemin du Pardon

UN JEUNE HOMME.

Où courez-vous ainsi, pieuses jeunes filles,
Qui passez deux à deux sous vos coiffes gentilles ?
Ce tablier de soie et de riche cordon
Disent que vous allez toutes quatre au Pardon.

UNE JEUNE FILLE.

Laissez-nous, laissez-nous poursuivre notre route,
Jeunes gens ! Nous allons où vous allez sans doute ;

Et ces bouquets de mil au bord de vos chapeaux
Disent assez pourquoi vous vous faites si beaux.

UN JEUNE HOMME.

Eh bien ! tout en causant, Gaït, si bon vous semble,
Jusqu'à Saint-Matelinn nous marcherons ensemble ;
Et de même en causant nous reviendrons ce soir.
Mes yeux sont réjouis, Gaït, de vous revoir.

UNE JEUNE FILLE.

Non ! Suivez votre route, et nous suivrons la nôtre :
D'un côté les garçons, et les filles de l'autre.
Vous nous retrouverez aux marches de la croix,
Et nos galants alors nous donneront des noix.

Aux environs de Scaer, ainsi, dans une lande,
D'amoureux pèlerins devisait une bande :
C'étaient Berthel, Jérôme, enfant modeste et fin,
Qui, lorsqu'il sert la messe, a l'air d'un séraphin ;
Anna des bois du Lorh était aussi du nombre,
Et Loïc, qui la suit partout comme son ombre.
Moi-même à ce Pardon j'allais vêtu comme eux ;

Pourtant à mon costume il manquait les cheveux,
Si bien qu'en traversant cette lande embaumée :
« Quel est donc celui-ci qui revient de l'armée?
Disaient tout bas les gens. A sa taille, à son air,
C'est celui qui partit pour Ronan, l'autre hiver.
— Eh! non! c'est le jeune homme arrivé de la ville.
A parler notre langue on dit qu'il est habile.
Bonjour, Monsieur! et Dieu vous garde du chagrin!
Vous ne méprisez pas ceux qui sèment le grain. »
D'autres d'un air joyeux reprenaient: « Quelle somme,
Pour travailler aux champs, demandez-vous, jeune
                                        [homme? »
Nous avancions toujours, et par tous les sentiers
Ce n'étaient que chapeaux, coiffes et tabliers,
Allant vers le Pardon; sur la bruyère verte,
Des vapeurs du matin encor toute couverte,
Le soleil par moments dardait ses grands rayons;
Et mon âme volait en exaltations.

Si notre sort commun, Arvor, veut le permettre,
Sais-tu la haute place où, moi, je veux te mettre?
Hélas! pauvre exilé de l'ombre des taillis,

Je sens qu'il est bien doux de parler du pays.
J'en dois savoir parler ! Du moins que ceux des villes
Ne mêlent pas mon nom à leurs intrigues viles !
J'ai vu leur fiel haineux, leur sourire moqueur,
Et loin d'eux j'ai placé mon esprit et mon cœur !

Enfin, on distinguait, après plus d'une lieue,
Les murs de la chapelle et sa toiture bleue ;
Et même avec l'odeur qui sort du cidre doux
Tous les bruits du Pardon arrivaient jusqu'à nous,
Quand le désir nous prit d'aller à la fontaine,
Croyant y retrouver Anne et sa sœur Hélène..
Une vieille était là, seule, à laver ses pots,
Qu'elle emplissait d'eau sainte et vendait aux dévots ;
Elle s'en vint à nous disant ses patenôtres,
Et, de mes cheveux courts dupe comme les autres,
La pauvresse ajouta : « Je le vóis dans vos yeux,
Vous revenez de France avec un cœur joyeux.
Avez-vous retrouvé chez lui votre vieux père ?
Celle qui vous aimait vous aime encor, j'espère !
Désormais au pays vous passerez vos jours,
Et vous épouserez, jeune homme, vos amours. »

Trompée à mes habits et par cet air de joie
Que la gaîté d'autrui par instants nous envoie,
Mère, ainsi vous parliez; hélas! et dans Paris
L'histoire de ce jour, tristement je l'écris.

Le Bal

N'y va pas! Reste sur ton livre,
Dans ta chambre d'étudiant !
Courbé sous la lampe de cuivre,
Occupe ta pensée et ton cœur en veillant.

Je le sais trop, le plus stoïque
N'est bien sûr de lui qu'à l'écart ;
Et l'âpreté jeune et pudique
N'est pas lente à céder au charme d'un regard.

Il est une fleur douce et blanche
Qui croît à l'arbre du devoir :
Cueille cette fleur sur sa branche ;
Pour être fort demain respire-la ce soir.

Non ! ta pensée ailleurs s'enivre :
Un ruban sur de noirs cheveux
Dans un bal attire tes yeux,
O jeune homme inquiet ! — et tu fermes ton livre !

Marie

Un jour que nous étions assis au pont Kerlô
Laissant pendre, en riant, nos pieds au fil de l'eau,
Joyeux de la troubler, ou bien, à son passage,
D'arrêter un rameau, quelque flottant herbage,
Ou sous les saules verts d'effrayer le poisson
Qui venait au soleil·dormir près du gazon ;
Seuls en ce lieu sauvage, et nul bruit, nulle haleine
N'éveillant la vallée immobile et sereine,
Hors nos ris enfantins; et l'écho de nos voix
Qui partait par volée et courait dans les bois,

Car entre deux forêts la rivière encaissée
Coulait jusqu'à la mer, lente, claire et glacée ;
Seuls, dis-je, en ce désert, et libres tout le jour,
Nous sentions en jouant nos cœurs remplis d'amour.
C'était plaisir de voir sous l'eau limpide et bleue
Mille petits poissons faisant frémir leur queue,
Se mordre, se poursuivre, ou, par bandes nageant,
Ouvrir et refermer leurs nageoires d'argent ;
Puis les saumons bruyants ; et, sous son lit de pierre,
L'anguille qui se cache au bord de la rivière ;
Des insectes sans nombre, ailés ou transparents,
Occupés tout le jour à monter les courants,
Abeilles, moucherons, alertes demoiselles,
Se sauvant sous les joncs du bec des hirondelles. —
Sur la main de Marie une vint se poser,
Si bizarre d'aspect qu'afin de l'écraser
J'accourus ; mais déjà ma jeune paysanne
Par l'aile avait saisi la mouche diaphane,
Et voyant la pauvrette en ses doigts remuer :
« Mon Dieu, comme elle tremble ! oh ! pourquoi la tuer ? »
Dit-elle. Et dans les airs sa bouche ronde et pure
Souffla légèrement la frêle créature,

Qui, déployant soudain ses deux ailes de feu,
Partit, et s'éleva joyeuse et louant Dieu.

Bien des jours ont passé depuis cette journée,
Hélas ! et bien des ans ! Dans ma quinzième année,
Enfant, j'entrais alors ; mais les jours et les ans
Ont passé sans ternir ces souvenirs d'enfants ;
Et d'autres jours viendront et des amours nouvelles ;
Et mes jeunes amours, mes amours les plus belles,
Dans l'ombre de mon cœur mes plus fraîches amours,
Mes amours de quinze ans refleuriront toujours.

Marie

Après moins de six mois passés loin de la lande
Où l'on jouait, Marie, ah ! que vous voila grande !
N'était ce corset rouge et ces jupons rayés
Qui, trop courts à présent, m'ont laissé voir vos pieds,
Jamais je n'aurais dit : « Cette fille qui prie
Au Calvaire, et s'en va vers l'église, est Marie. »
Et pourtant c'est bien vous ; je vous parle et vous vois ;
Mais que vous êtes grande après moins de six mois !
La tige qu'on mesure au temps de la poussée,
Vienne la Saint-Michel, n'est pas plus élancée.

J'ai honte à moi vraiment et me sens tout jaloux,
Car j'ai l'air aujourd'hui d'un enfant près de vous ;
Je n'ose vous parler, et jusqu'au fond de l'âme
Vous me troublez quasi comme une grande dame.
Cependant, jeune fille, ainsi que l'an passé
Causons. Voyez ! l'office à peine est commencé,
Et nul sous le portail ne viendra. — Prenons garde !
Voici que le sonneur de son banc nous regarde,
Et j'entends sous le mur le petit Pierre Élô
Qui chante en écorchant son bâton de bouleau. —

Eh bien ! tout cet hiver, au logis toute seule,
Et, le soir, travaillant auprès de votre aïeule,
Songiez-vous quelquefois à ceux qui sont au bourg ?
Moi, je vous appelais, ô Maï ! le long du jour ;
Je disais : « Quand viendront les vêpres du dimanche
Et ma brune Marie avec sa coiffe blanche ?
Quand reviendra le temps des nids et des chansons
Et le jeu d'osselets derrière les buissons ? »
Mais j'appelais en vain ! Durant l'hiver, les fièvres,
Marie, avaient jeté leurs feux noirs sur vos lèvres ;

Et votre bonne mère en ses deux pauvres bras
Vous serrait, et mouillait de ses larmes vos draps,
Et puis, baisant la terre, aux anges, à la Vierge
Jurait une neuvaine et de brûler un cierge,
Et que, s'ils vous sauvaient, sur ses genoux un jour
Deux fois de leur église elle ferait le tour.
Oui, j'ai su ses tourments, ses cris de toute sorte.
Le soir, quand le vieux Dall quêtait à notre porte,
Je lui donnais son pain : « Ah ! disait le vieux Dall,
La mère a fait un vœu, car sa fille va mal. »
Mais un soir il me dit : « Payez-moi ma nouvelle !
Notre vierge est debout, mais plus grande et plus belle,
Croyez-en mon rapport, plus belle que devant :
Vous-même à ses côtés aurez l'air d'un enfant. »
Le pauvre avait raison. Là, près de la muraille,
Ce jeune plant avait l'an dernier votre taille ;
Il a poussé depuis ; voyez votre hauteur :
Vous êtes tous les deux de la même grandeur.

— Un jour d'avril, ainsi, sous le porche de pierre,
Tandis que dans l'église on faisait la prière, -

Je parlais à Marie en secret et tout bas,
Mais elle m'écoutait et ne répondait pas.
Elle était devant moi distraite et sérieuse.
Oh! non, ce n'était plus Marie, enfant rieuse,
Qu'à son corsage plat, son pied vif et léger,
On eût prise de loin pour un jeune berger!
Enfin me regardant avec un doux sourire,
Comme une sœur aînée un frère qui l'admire,
Grave et tendre à la fois, elle me dit adieu;
Puis, entrant dans l'église, elle alla prier Dieu.
Avec ces mots d'adieu tout finit! — Un jeune homme,
Natif du même endroit, travailleur, économe,
En voyant sa belle âme, en voyant son beau corps,
L'aima; les vieilles gens firent les deux accords;
Et toute à son mari, soumise en son ménage,
Bientôt elle oublia l'amoureux de son âge.
Au sortir de la messe, ah! quand l'heureux rival
Assise entre ses bras l'emportait à cheval,
Quand la noce passait, femmes et jeunes filles
Remplissant le chemin du bruit des deux familles,
Celui qui resta seul, celui-là dut souffrir!
Il mit tout son bonheur depuis à s'enquérir

De celle qu'il aima, de chaque métairie
Qu'elle habitait... Du moins, le savez-vous, Marie?
Je vis de souvenirs, de souvenirs anciens,
Hélas! mais tous les jours et partout j'y reviens!

Vers écrits à Livry

Dans ces calculs du sort qu'on appelle hasard,
Si le bonheur obtient trop rarement sa part,
S'il faut, le cœur serré, pensif et solitaire,
Poursuivre avec effort sa course sur la terre,
Attendant vainement qu'au détour du chemin
Un ami se présente et nous serre la main,
A quoi bon espérer? Sans projets, sans envie,
Ne cherchons désormais que l'oubli de la vie :
Que chaque objet qui passe, ou noble ou gracieux,
Nous attire! et sur lui laissons aller nos yeux,

Vivons hors de nous-même. Il est dans la nature,
Dans tout ce qui se meut, et respire et murmure,
Dans les riches trésors de la création,
Il est des baumes sûrs à toute affliction :
C'est de s'abandonner à ces beautés naïves,
D'en observer les lois douces, inoffensives,
L'arbre qui pousse et meurt où nos mains l'ont planté,
Et l'oiseau qu'on écoute après qu'il a chanté.
Ainsi, selon l'objet que le ciel nous envoie,
Notre âme s'ouvre encore à l'innocente joie.
Un enfant sur sa porte en passant m'a souri :
A son rire si frais mon cœur s'est attendri ;
Car, folâtre, et voulant le baiser sur la bouche,
Sa nourrice accourut ; mais le petit farouche,
A son sable occupé, longtemps fit le mutin,
Et ce furent des cris, un combat enfantin ;
Malgré ces grands efforts, aux bras de la nourrice
Il lui fallut pourtant soumettre son caprice,
Écouter les beaux noms dont elle l'appelait,
Et donner un baiser de sa bouche de lait.
Heureux ainsi qui cherche en tous lieux, sur sa route,
Une fleur qu'il respire, une voix qu'il écoute,

7

Et, comme on étudie un livre curieux,
Sonde de chaque objet le sens mystérieux !
C'est qu'au milieu du champ cette pierre immobile,
Ce roseau balancé sur sa tige débile,
Ce chien qui tient sur vous son regard attaché,
Sont comme un livre obscur, symbolique, caché,
Un langage muet et plein de poésie,
Et que chacun traduit selon sa fantaisie,
Selon son naturel bienveillant ou moqueur,
Selon qu'il suit en tout son esprit ou son cœur.
Quand les hommes n'ont plus que des songes moroses,
Heureux qui sait se prendre au pur amour des choses,
Parvient à s'émouvoir, et trouve hors de lui,
Hors de toute pensée un baume à son ennui !
Hélas ! le cœur humain, écrit à chaque page,
Ne vaut plus que les yeux s'y fixent davantage :
Chaque mot de ce livre est deviné, prévu ;
Ce que vous y verrez, vous l'avez déjà vu.

Le Mois d'Août

O mes frères, voilà le beau temps des vacances !
Le mois d'août, appelé par dix mois d'espérances !
De bien loin votre aîné, je ne puis oublier
Août et ses jeux riants ; alors, pauvre écolier,
Je veux voir mon pays, notre petit domaine ;
Et toujours le mois d'août au logis nous ramène,
Tant un cœur qui nourrit un regret insensé,
Un cœur tendre s'abuse et vit dans le passé !
Voici le beau mois d'août : en courses, camarades !
La chasse le matin, et le soir les baignades !

Vraiment, pour une année, à peine nos parents
Nous ont-ils reconnus : vous si forts et si grands,
Moi courbé, moi pensif. — O changements contraires !
La jeunesse vous cherche, elle me fuit, mes frères ;
Gaîment vous dépensez vos jours sans les compter,
Économe du temps je voudrais l'arrêter. —
Mais aux pierres du quai déjà la mer est haute :
Toi, mon plus jeune frère, allons ! gagnons la côte ;
En chemin par les blés tu liras tes leçons,
Ou bien tu cueilleras des mûres aux buissons.
Hâtons-nous ! le soleil nous brûle sur ces roches ! —
Ne sens-tu pas d'ici les vagues toutes proches ?
Et la mer ! l'entends-tu ? Vois-tu tous ces pêcheurs ?
N'entends-tu pas les cris et les bras des nageurs ?
Ah ! rendez-moi la mer et les bruits du rivage :
C'est là que s'éveilla mon enfance sauvage ;
Dans ces flots, orageux comme mon avenir,
Se reflètent ma vie et tout mon souvenir !
La mer ! J'aime la mer mugissante et houleuse,
Ou, comme en un bassin une liqueur huileuse,
La mer calme et d'argent ! Sur ses flancs écumeux
Quel plaisir de descendre et de bondir comme eux,

Ou, mollement bercé, retenant son haleine,
De céder comme une algue au flux qui vous entraine !
Alors on ne voit plus que l'onde et que les cieux,
Les nuages dorés passant silencieux,
Et les oiseaux de mer, tous allongeant la tête
Et jetant un cri sourd en signe de tempête...
O mer, dans ton repos, dans tes bruits, dans ton air,
Comme un amant, je t'aime ! et te salue, ô mer !

Assez, assez nager ! L'ombre vient, la mer tremble ;
Contre les flots, mon frère, assez lutter ensemble !
Retrempés dans leur sel, assouplis et nerveux,
Partons ! Le vent du soir séchera nos cheveux.

Quelle joie en rentrant, mais calme et sans délire,
Quand, debout sur la porte et tâchant de sourire,
Une mère inquiète est là qui vous attend,
Vous baise sur le front, et pour vous à l'instant
Presse les serviteurs, quand le foyer pétille,
Et que nul n'est absent du repas de famille !
Monotone la veille, et vide, la maison
S'anime : un rayon d'or luit sur chaque cloison :

Le couvert s'élargit ; comme des fruits d'automne,
D'enfants beaux et vermeils la table se couronne ;
Et puis mille babils, mille gais entretiens,
Un fou rire, et souvent de longs pleurs pour des riens.
Mais plus tard, lorsqu'on touche aux soirs gris de septembr
En cercle réunis dans la plus grande chambre,
C'est alors qu'il est doux de veiller au foyer !
On roule près du feu la table de noyer,
On s'assied ; chacun prend son cahier, son volume ;
Grand silence ! on n'entend que le bruit de la plume,
Le feuillet qui se tourne, ou le châtaignier vert
Qui craque, et l'on se croit au milieu de l'hiver.
Les yeux sur ses enfants, et rêveuse, la mère
Sur leur sort à venir invente une chimère,
Songe à l'époux absent depuis la fin du jour,
Et prend garde que rien ne manque à son retour.

L'aïeule cependant sur sa chaise se penche,
Et devant le Seigneur courbe sa tête blanche.

Écoutez-la, Seigneur, et pour elle, et pour nous !
Cette femme, ô mon Dieu, qui vous prie à genoux,

Ne la repoussez pas! Soixante ans à la gêne,
Et toujours courageuse, elle a porté sa chaîne :
Une heure de repos avant le grand sommeil !
Avant le jour sans fin, quelques jours au soleil !

Marie

Du bois de Ker-Mélô jusqu'au moulin de Teir,
J'ai passé tout le jour sur le bord de la mer,
Respirant sous les pins leur odeur de résine,
Poùssant devant mes pieds leur feuille lisse et fine,
Et d'instants en instants, par-dessus Saint-Michel
Lorsque éclatait le bruit de la barre d'Enn-Tell,
M'arrêtant pour entendre : au milieu des bruyères,
Carnac m'apparaissait avec toutes ses pierres,
Et parmi les men-hir erraient comme autrefois
Les vieux guerriers des clans, leurs prêtres et leurs rois.

Puis, je marchais encore au hasard et sans règle.
C'est ainsi que, faisant le tour d'un champ de seigle,
Je trouvai deux enfants couchés au pied d'un houx,
Deux enfants qui jouaient, sur le sable, aux cailloux ;
Et soudain, dans mon cœur cette vie innocente,
Qu'une image bien chère à mes yeux représente,
O Maï ! si fortement s'est mise à revenir,
Qu'il m'a fallu chanter encor ce souvenir.
Dans ce sombre Paris, toi que j'ai tant rêvée,
Vois ! comme en nos vallons mon cœur t'a retrouvée !

A l'âge qui pour moi fut si plein de douceurs,
J'avais pour être aimé trois cousines (trois sœurs) :
Elles venaient souvent me voir au presbytère ;
Le nom qu'elles portaient alors, je dois le taire :
Toutes trois aujourd'hui marchent le front voilé,
Une près de Morlaix et deux à Kemperlé ;
Mais je sais qu'en leur cloître elles me sont fidèles,
Elles ont prié Dieu pour moi qui parle d'elles.

Chez mon ancien curé, l'été, d'un lieu voisin
Elles venaient donc voir l'écolier leur cousin ;

Prenaient, en me parlant, un langage de mères ;
Ou bien, selon leur âge et le mien, moins sévères,
S'informaient de Marie, objet de mes amours,
Et si, pour l'embrasser, je la suivais toujours ;
Et comme ma rougeur montrait assez ma flamme,
Ces sœurs, qui sans pitié jouaient avec mon âme,
Curieuses aussi, résolurent de voir
Celle qui me tenait si jeune en son pouvoir.

A l'heure de midi, lorsque de leur village
Les enfants accouraient au bourg, selon l'usage,
Les voilà de s'asseoir, en riant, toutes trois,
Devant le cimetière, au-dessous de la croix ;
Et quand au catéchisme arrivait une fille,
Rouge sous la chaleur et qui semblait gentille,
Comme il en venait tant de Ker-barz, Ker-halvé,
Et par tous les sentiers qui vont à Ti-névé,
Elles barraient sa route, et par plaisanterie
Disaient en soulevant sa coiffe : « Es-tu Marie ? »
Or celle-ci passait avec Joseph Daniel ;
Elle entendit son nom, et vite, grâce au ciel !
Se sauvait, quand Daniel, comme une biche fauve,

La poursuivit, criant : « Voici Maï qui se sauve! »
Et, sautant par-dessus les tombes et leurs morts,
Au détour du clocher la prit à bras-le-corps :
Elle se débattait, se cachait la figure ;
Mais chacun écarta ses mains et sa coiffure ;
Et les yeux des trois sœurs s'ouvrirent pour bien voir
Cette grappe du Scorf, cette fleur de blé noir.

Rencontre sur Ar-Voden

Comme je voyageais au fond de nos campagnes,
Seul, à pied, admirant, perdu dans les montagnes,
Ce pays de vallons, de rivières, de bois;
De chapelles sans nombre et de petites croix,
Tableau qui parle au cœur et pour les yeux varie,
Tout à coup, au milieu de cette rêverie,
J'entendis près de moi le pas égal et lourd
D'un grave laboureur qui s'en allait au bourg.
Vêtu comme l'étaient nos aïeux dans les Gaules,
De longs cheveux châtains pendaient sur ses épaules;

Il portait un bâton d'un houx vert et noueux,
Et menait par la corne une paire de bœufs.
En passant, il me dit : « Vous êtes de la ville,
Mais vous semblez aimer cette lande tranquille,
Jeune homme ; et vous voilà qui pleurez comme moi,
Quand je revins ici du service du roi.
J'ai vu tous ceux de France, après quelques journées,
Oublier leur maison ; moi, durant tant d'années,
Je pensais à mon bourg, à l'Izôl, à ses bords ;
Couchés dans leurs linceuls, je pensais à mes morts,
A tout ce qu'un chrétien aime comme lui-même,
Aux saints de mon église, à mes fonts de baptême,
Aux danses quelquefois, aux luttes des Pardons ;
Et mon cœur m'emportait toujours dans nos cantons. »
Ce noble paysan n'est rien dans cette histoire,
Mais ses traits sont restés gravés dans ma mémoire,
Et, comme une statue aux traits durs et touchants,
J'ai placé son image au milieu de mes chants.

Marie

Jamais je n'oublirai cette immense bruyère
Où cheminant tous deux je disais à mon frère :
« Entends-tu ces regrets, et combien il est doux
D'avoir aimé, bien jeune, une enfant comme vous ;
Sur les monts, dans les prés, quand tout fleurit, embaume,
Ou dans l'église obscure, en récitant le psaume,
En face sur son banc de se voir chaque jour,
Le cœur plein à la fois de piété, d'amour ;

Les signes, les regards tout chargés de mollesse ;
Mille pensers troublants qu'il faut dire a confesse ; .
Les projets d'être sage, et, dès le lendemain,
Un baiser qu'on se prend ou qu'on donne en chemin ?
Le sens-tu bien, mon frère ? Et lorsqu'en harmonie
Deux fois par la beauté l'âme au corps est unie,
Et qu'ensemble éveillés notre cœur et nos sens
Dans un divin accord résonnent frémissants,
De ces jeunes amours, dans le cœur le plus grave,
Il reste un souvenir qui pour jamais s'y grave,
Un parfum enivrant qu'on respire toujours ;
Et les autres amours ne sont plus des amours. »
Et cependant, pourquoi ce pénible voyage ?
Aujourd'hui, dans quel but ? Et lorsque son image
M'est demeurée entière et charmante, pourquoi
Ternir ce pur miroir que je porte avec moi ?
Un teint brûlé du hâle, une tempe amaigrie,
Un œil cave, est-ce là mon ancienne Marie ?

C'était jour de dimanche et la fête du bourg :
On chantait dans l'église ; et dehors, alentour,

Sous le porche, la croix, les ifs du cimetière,
Mille gens à genoux récitaient leur prière ;
Parfois un grand silence, et tout à coup les voix
Éclataient, et couraient se perdre dans le bois ;
La messe terminée, à grand bruit cette foule
Sur la place du lieu comme une mer s'écoule ;
Alors appels joyeux, rires et gais refrains ;
Les voix des bateleurs et des marchands forains ;
Le sonneur sur le mur proclamant ses criées :
A ses bons mots sans nombre éclats, folles huées ;
Lui, d'un air goguenard, pressait les acheteurs,
Et pour un blé si beau gourmandait leurs lenteurs ;
Dans l'auberge voisine enfin l'aigre bombarde
Qui sonne, les binioux à la voix nasillarde,
Les danseurs deux à deux passant comme l'éclair
Et jetant en cadence un cri qui perce l'air.

Devant l'un des marchands, bientôt trois jeunes filles
Se tenant par la main, rougissantes, gentilles,
Dans leurs plus beaux habits, s'en vinrent toutes trois
Acheter des rubans, des bagues et des croix.

J'approchai. Faible cœur, ô cœur qui bats si vite,
Que la peine et la joie, et tout ce qui t'excite
Arrive désormais, puisque dans ce moment
Tu ne t'es pas brisé sous quelque battement !
— Marie ! — Ah ! c'était elle, élégante, parée :
De ses deux sœurs enfants, sœur prudente, entourée :
Belle comme un fruit mûr entre deux jeunes fleurs.
Le passé, le présent, le sourire, les pleurs,
Tout cela devant moi ! Qu'elles étaient riantes,
Ces deux sœurs de Marie à ses côtés pendantes !
C'était Marie enfant ; je voyais à la fois
Mes amours d'aujourd'hui, mes amours d'autrefois,
Mon ancienne Marie encor plus gracieuse ;
Encor son joli cou, sa peau brune et soyeuse :
Légère sur ses pieds ; encor ses yeux si doux
Tandis qu'elle sourit regardant en dessous :
Et puis, devant ses sœurs à la voix trop légère,
L'air calme d'une épouse et d'une jeune mère.

Comme elle m'observait : « Oh ! lui dis-je en breton.
Vous ne savez donc plus mon visage et mon nom ?

Maï, regardez-moi bien ; car pour moi, jeune belle,
Vos traits et votre nom, Maï, je me les rappelle.
De chez vous bien des fois je faisais le chemin.
— Mon Dieu, c'est lui ! » dit-elle en me prenant la main.
Et nous pleurions. Bientôt j'eus appris son histoire :
Un mari, des enfants. C'était tout. Comment croire
A ce triste roman qu'ensuite je contai ?
Ma mère et mon pays, que j'avais tout quitté ;
Que dans Paris, si loin, rêvant de sa chaumière,
Je pensais à Marie, elle, pauvre fermière ;
Que ce jour même au bourg j'étais en son honneur,
Et que de son mari j'enviais le bonheur :
Imaginations, caprices, fou délire
Qui glissait sans l'atteindre ou la faisait sourire !...
Il fallut se quitter. Alors aux deux enfants
J'achetai des velours, des croix, de beaux rubans,
Et pour toutes les trois une bague de cuivre,
Qui, bénite à Kemper, de tout mal vous délivre ;
Et moi-même à leur cou je suspendis les croix.
Et, tremblant, je passai les bagues à leurs doigts.
Les deux petites sœurs riaient ; la jeune femme,
Tranquille et sans rougir, dans la paix de son âme,

Accepta mon présent. Ce modeste trésor,
Aux yeux de son époux elle le porte encor ;
L'époux est sans soupçon, la femme sans mystère :
L'un n'a rien à savoir, l'autre n'a rien à taire.

Écrit en Mer

Notre barque depuis trois jours
Croise et lutte devant ces côtes ;
Les vagues roulantes et hautes
Sur les rocs nous poussent toujours.

Dans l'ennui de la traversée,
Alors chacun des voyageurs
Se livre aux souvenirs rongeurs
Que chacun porte en sa pensée.

En secret, je songeais à vous,
Pour moi désormais étrangère,
Pareille à cette passagère,
Vous qui pleurez sur vos genoux.

Pleurez! Attendri sur moi-même,
J'ai pu lire dans vos douleurs..
Pleurez, pauvre femme! vos pleurs
Sont pleins d'une douceur qu'on aime.

Tout ce qui fait vivre et penser,
Votre âme ardente le féconde :
C'est une faute aux yeux du monde,
Les larmes doivent l'effacer.

Plus calme un jour et non moins tendre,
Vous sourirez à vos chagrins :
Les temps seront alors sereins;
En pleurant il faut les attendre.

Tremblante et cherchant un réduit,
Hier, une hirondelle égarée
Sur le mât du chasse-marée
S'est venue abattre à la nuit.

Ouvrant l'aile à chaque secousse,
Quand la vergue plongeait dans l'eau,
Sur sa corde le jeune oiseau
Criait d'une voix triste et douce.

Ce matin le ciel était clair,
On voyait au loin le rivage :
L'hirondelle reprit courage,
Et chantait en traversant l'air.

Oh! quand vos jours auront moins d'ombre,
Votre cœur troublé moins d'effroi,
Dans l'avenir songez à moi,
A moi surtout s'il était sombre.

Femme pure, au cœur méconnu,
Contre le sort faible et sans armes,
N'oubliez jamais dans vos larmes
Celui qui s'en est souvenu :

Il reçut une âme discrète,
Une âme prompte à s'attendrir,
Et sa main, sans faire souffrir,
Sonde une blessure secrète.

Marie

O maison du Moustoir! combien de fois la nuit,
Ou quand j'erre le jour dans la foule et le bruit.
Tu m'apparais! — Je vois les toits de ton village
Baignés à l'horizon dans des mers de feuillage,
Une grêle fumée au-dessus, dans un champ
Une femme de loin appelant son enfant,
Ou bien un jeune pâtre assis près de sa vache.
Qui, tandis qu'indolente elle paît à l'attache,
Entonne un air breton si plaintif et si doux
Qu'en le chantant ma voix vous ferait pleurer tous.

Oh ! les bruits, les odeurs, les murs gris des chaumières.
Le petit sentier blanc et bordé de bruyères,
Tout renaît comme au temps où, pieds nus, sur le soir,
J'escaladais la porte et courais au Moustoir ;
Et dans ces souvenirs où je me sens revivre,
Mon pauvre cœur troublé se délecte et s'enivre !
Aussi, sans me lasser, tous les jours je revois
Le haut des toits de chaume et le bouquet de bois,
Au vieux puits la servante allant emplir ses cruches,
Et le courtil en fleurs où bourdonnent les ruches,
Et l'aire, et le lavoir, et la grange ; en un coin,
Les pommes par monceaux ; et les meules de foin ;
Les grands bœufs étendus aux portes de la crèche,
Et devant la maison un lit de paille fraîche.
Et j'entre, et c'est d'abord un silence profond,
Une nuit calme et noire ; aux poutres du plafond
Un rayon de soleil, seul, darde sa lumière,
Et tout autour de lui fait danser la poussière.
Chaque objet cependant s'éclaircit : à deux pas,
Je vois le lit de chêne et son coffre ; et plus bas
(Vers la porte, en tournant), sur le bahut énorme
Pêle-mêle bassins, vases de toute forme,

Pain de seigle, laitage, écuelles de noyer ;
Enfin, plus bas encor, sur le bord du foyer,
Assise à son rouet près du grillon qui crie,
Et dans l'ombre filant, je reconnais Marie ;
Et, sous sa jupe blanche arrangeant ses genoux,
Avec son doux parler elle me dit : « C'est vous ! »

Bonheur domestique

Tous les jours m'apportaient une lettre nouvelle.
On m'écrivait : « Ami, viens! la saison est belle;
Ma femme a fait pour toi décorer sa maison,
Et mon petit Arthur sait bégayer ton nom. »
Je partis et deux jours d'une route poudreuse
M'amenèrent enfin à la maison heureuse,
A la blanche maison de mes heureux amis.
J'entrai . l'heure sonnait; autour d'un couvert mis,

Dès le seuil j'aperçus, en rond sous la charmille,
Pour le repas du soir la riante famille.
« C'est lui ! c'est lui ! » Soudain, et sièges et repas,
On quitte tout, on court, on me presse en ses bras ;
Et puis les questions, les pleurs mêlés de rire ;
Et ces mots que toujours on se reprend à dire :
« C'est donc lui ! le voilà ! le voilà près de nous ! »
Moi, je serrais les mains à ces tendres époux,
Et j'appelais Arthur, qui, le doigt dans sa bouche,
De loin me regardait d'un œil noir et farouche.
Enfin on se rassied. Rougissant à demi,
La jeune femme alors : « Vraiment de ton ami
Tant de fois tu parlas que, moi, sans le connaître,
Je le jugeais ainsi, mais moins pâle peut-être.
— Et toi, de mon Emma que dis-tu ? Sans façon !
Le paresseux pourtant, de demeurer garçon !
— Non, non ! laissez-moi faire : en ce bourg j'en sais une,
Comme il les sait aimer, douce, élégante et brune,
Presque une autre Marie. — Ah ! poëte, tes vers
Nous ont souvent distraits de l'ennui des hivers :
Oh ! la jolie enfant ! Mais les fraîches couronnes
Que tu cueilles pour elle et dont tu l'environnes !

Dans le calme, la paix, les bienveillants discours,
Huit jours chez ces amis ont passé, mais si courts,
Si légers, que mon âme alors rassérénée
Comme ailleurs un instant eût vu fuir une année.
Là nul vide rongeur, mais les soins du foyer,
L'ordre, pour chaque jour un travail régulier,
Une table modeste et pourtant bien remplie,
Cette gaîté du cœur qui se livre et s'oublie,
Autour de soi l'aisance, un parfum de santé,
Et toujours et partout la belle propreté ;
Le soir, le long des blés cheminer dans la plaine,
Ou dans la carriole une course lointaine ;
Enfin, la nuit tombée, un pur et long sommeil ;
Et les joyeux bonjours à l'heure du réveil.

Ami, comme un tissu jadis imprégné d'ambre,
Ici, ton souvenir, sous les bois, dans ma chambre,
Partout, à moi s'attache, et tes félicités,
Mirage gracieux, flottent à mes côtés ;
Et voilà que, cédant à cette fantaisie,
J'évoque dans mon cœur la chaste poésie

Qui dans un vers limpide a soudain reflété
Ta jeune et douce Emma, sa candeur, sa gaîté,
Entre sa mère et toi ton enfant qui se penche,
Et ta charmille en fleur près de ta maison blanche.

Marie

Passant avec amour ses doigts dans mes cheveux
Longs alors, et mêlés sans ordre sur mes yeux,
La dame d'un manoir me dit : « Savant poète,
N'aurai-je point mon tour dans quelque chansonnette,
Dans quelque chanson douce, ainsi que par millier
Votre âme bien aimante en compose, écolier,
Pour louer, au milieu de l'encens et des cierges,
Les beaux anges gardiens et la reine des vierges ;
Ou pour chanter tout bas, sous un mur isolé,
Les fillettes du Scorf et celles de l'Ellé ?

Vous rougissez ! ... Ah ! oui, rougissez ! Chose infâme
De préférer ainsi vilaine à noble dame,
A nos airs gracieux leurs pas pesants et lourds,
Et les coiffes de chanvre aux toquets de velours.
Rougissez ! ... Vos cheveux filés d'or et de soie,
Et si longs qu'en leurs flots ma main blanche se noie,
Certes n'auraient besoin, avec amour pareil,
D'huile ni de senteurs pour mieux luire au soleil.
Assez, bel écolier, assez pour telles filles
Qu'à votre chaperon passiez blanches coquilles,
Jaunes fleurs de landier, ou bien quelques bluets
Qui viennent sur le cou tomber en chapelets !
Pourtant, à deux genoux si, confessant vos crimes,
Aux dames de haut lieu vous adressiez vos rimes,
Elles, d'un cœur facile et tendre à la pitié,
Peut-être aussi diraient que tout est oublié ;
Et près d'elles choyé, toujours mieux venu d'elles,
Vous iriez tout couvert de bijoux et dentelles ;
Qui sait ? sur leur épargne instruit à Pont-l'Abbé,
Pauvre clerc vous pourriez en revenir abbé ! »

Cette amoureuse ainsi d'astuce non pareille,

Sirène, me coulait sa musique à l'oreille ;
Et je faillis, moi simple, être pris ; mais mon cœur,
Tout bas se gourmandant, resta libre et vainqueur :
Puis, m'emmiellant un peu la bouche et le visage,
Je fis cette réponse hypocrite, mais sage :

« Madame, les linots et les petits pinsons
N'ont garde de chanter près des hautes maisons.
Car là sont rossignols, oiseaux de Canarie,
Plus savants à jeter une âme en rêverie ;
Ainsi fais-je, Madame ; et, linot que je suis,
Je chante à qui m'entend, et fredonne où je puis,
Aux bois, le long des eaux limpides et courantes,
Et pour quelques enfants belles, mais ignorantes ;
Donc, Madame, excusez. Devant votre beauté
Mon silence est respect, non incivilité ;
Toujours il durera, si Dieu ne me délivre
Ce don rare et parfait que j'ai vu dans un livre,
Le don de cette voix que l'ange Gabriel
Fit entendre à Marie en descendant du ciel,
Lorsque devant ses yeux, debout et face à face,
De sa voix douce il dit : « Salut, pleine de grâce ! »

Or, tel fut de ces mots l'angélique pouvoir,
Qu'inhabile à le peindre, il le faut concevoir ;
Comme si pour former cette langue idéale
Un zéphire eût jeté sa plainte matinale,
Un nuage du soir sa plus riche couleur,
Et la rose, en mourant, le parfum de sa fleur,
Et que ces éléments, fondus par un Génie,
Eussent produit entre eux cette pure harmonie. »

Marie

Partout des cris de mort et d'alarme ! Paris
S'entoure avec effroi de ses jeunes conscrits ;
Et du Nord, du Midi, des champs de la Lorraine,
Des jardins verdoyants de la riche Touraine,
Tous, enfants bien-aimés, déjà près d'être époux,
Accourent à grands pas au commun rendez-vous.
Sur l'habit du pays, qu'ils conservent encore,
Plus d'un porte une fleur ; et tous avant l'aurore,
Par bandes s'avançant aux deux bords du chemin,
Disent des chants de guerre en se tenant la main.

Liberté, seul amour que notre âme flétrie
Sente et poursuive encore avec idolâtrie,
De ce siècle sans foi seule divinité,
Regarde, à ton seul nom, regarde avec fierté
Se lever cette foule ardente, généreuse !
Dans tes prédictions si tu n'es point menteuse,
Quels biens, ô Liberté ! pourras-tu donc offrir
A ces nouveaux croyants qui pour toi vont mourir ?

Il faut partir aussi, Daniel ! Adieu ta ferme
Qu'un fossé large et creux contre les loups enferme,
Ton hameau recouvert d'un bois de châtaignier,
Et tes beaux champs de seigle ! adieu, jeune fermier !
Lorsque au lever du jour, joyeux, plein de courage,
Monté sur tés chevaux tu sortais pour l'ouvrage,
Avec toutes ses voix l'harmonieux matin
S'éveillait en chantant à l'horizon lointain ;
Le noir Ellé d'abord, ou le Scorf a ta droite
Roulant ses claires eaux dans sa vallée étroite ;
Et, tel qu'un doux parfum, le chant de mille oiseaux
S'élevant du vallon avec le bruit des eaux ;
La brise dans les joncs, qui siffle et les caresse ;

Puis l'appel matinal de la première messe,
Répété tour à tour, comme un salut chrétien,
Du clocher de Cléguer à celui de Kérien. —
Adieu, Daniel! adieu le bourg, l'église blanche!
Adieu ton beau pays! Après vêpres, dimanche,
Tes amis te verront pour la dernière fois,
Et tu cacheras mal tes larmes sous tes doigts;
Car pour nous rien ne vaut notre vieille patrie,
Et notre ciel brumeux, et la lande fleurie!
Mais avant de partir, si tu le peux, va voir
Celle qui demeurait chez sa mère au Moustoir,
Comme si tu voulais, avant ton grand voyage,
Visiter tes amis de village en village.
Assis dans sa maison, alors regarde bien
Si quelque joie y règne, et s'il n'y manque rien,
Si son époux est bon, sa famille nombreuse,
Et si dans son ménage enfin elle est heureuse.
Regarde chaque objet pour me les dire un jour,
Et que dans ton récit je les voie à mon tour.
Attache bien tes yeux sur cette pauvre femme.
Est-elle belle encor comme au fond de mon âme?
Et ses petits enfants, prends-les entre tes bras,

Et s'ils ont de ses traits tu les caresseras.
Tu lui diras enfin (et toujours je t'en prie,
Garde, en pleurant, tes yeux attachés sur Marie)
Que tu pars, devenu soldat de métayer.
Que tu vas à Paris ; et, feignant de railler,
Tu lui demanderas si d'une ardeur fidèle,
Dans la grand'ville, ici, nul ne languit loin d'elle ;
Puis, revenant encore à ton prochain départ,
Dis-lui : « N'aura-t-il pas un mot de votre part ? »
— Oh ! s'il croît une fleur, une feuille à sa porte,
Daniel, prends-les pour moi ! déjà sèches, qu'importe !

Jésus

I

Christ, après deux mille ans tes temples sont déserts,
Et l'on dit que ton nom s'éteint dans l'univers ;
Partout dans nos cités ta croix chancelle et tombe ;
Quelques vieillards craintifs seuls en ornent leur tombe ;
Arbre frappé de mort, le temps pourra venir
Sans ranimer sa sève et sans la rajeunir.
Et pourtant, ô Jésus ! l'impie avec audace
Ne vient plus comme un Juif te cracher à la face ;
Mais sa main de ton front tant de fois insulté
Détache les rayons de la divinité :

A d'autres de guider le monde dans sa course,
De frapper le rocher d'où jaillira la source ;
A d'autres le flambeau que le génie humain
Pour éclairer sa nuit passe de main en main !
Dans l'oubli de la foi le peuple se repose ;
Il use de ses jours sans en chercher la cause.
Et s'il voit prospérer son fruit jeune et vermeil,
Il bénit son travail ou l'ardeur du soleil.
Ainsi, quand, relisant ta merveilleuse histoire
Et domptant notre orgueil, nous essayons de croire,
Plus forte la Raison nous dit : « Détrompez-vous,
Jésus fut mon ami, mon ami le plus doux.
Mais sous la nuit des temps l'image s'est voilée.
Autrefois je l'ai vu venir de Galilée,
Ses cheveux sur son front tombant avec candeur,
Dans la force de l'âge et toute sa splendeur.
Calme et majestueux, sa longue robe blanche,
Négligemment liée à son cou qui se penche,
Tombait jusqu'à ses pieds, et les plis gracieux
Dans le goût d'Orient revenaient sur ses yeux.
Or, telle de ses yeux était la douce flamme,
Qu'à les voir seulement on devinait son âme,

Et si douce sa voix, qu'un aveugle eût cru voir
Son regard angélique et pur comme un miroir.
Tel qu'un Sage d'Asie, amoureux de symboles,
De sa bouche abondaient de longues paraboles,
Des mots mystérieux, sous lesquels il couvrait
Sa doctrine puisée au lac de Nazareth,
Tous préceptes de paix, de douceur, d'indulgence :
La tendre humilité, l'horreur de la vengeance,
Et le mépris du monde, et l'espoir vers le ciel
Qui prend soin du ciron et de la mouche à miel.
Et revêt tous les ans les lys de la vallée
D'une robe de neige, et qu'ils n'ont pas filée,
Plus belle, en vérité, que dans tout son pouvoir
Le grand roi Salomon n'en put jamais avoir.
Ainsi, compatissant, il allait sur la terre,
Faisant fléchir la loi pour la femme adultère,
Aux hommes ne parlant que de fraternité,
Et sans faste orgueilleux prêchant la pauvreté :
Car chez le pharisien, assis dans une fête,
Une femme versa des parfums sur sa tête ;
Et, pleine de respect, de tendresse, d'effroi,
La foule le suivait, voulant le faire roi ;

Et ses moindres discours étaient autant d'oracles ;
Et tout Jérusalem répétait ses miracles,
Démons chassés, amis rappelés du trépas ;
Les Sages écoutaient, mais ils ne croyaient pas.
Nous, qu'écouter et croire ?

II

                O raisonneurs ! qu'importe ?
Nul n'apporta jamais nourriture plus forte ;
Si la sagesse est Dieu, nul n'aura reflété
Une plus grande part de la divinité ;
Nul n'aura fait jaillir fontaine plus féconde,
Où, depuis deux mille ans, sans la tarir, le monde
S'abreuve et puise encore, ignorant aujourd'hui
Qu'il boit à cette source et qu'elle coule en lui.
Laisse tomber tes croix, ô Jésus ! à l'insulte,
S'il le faut, abandonne et ton nom et ton culte !
Comme un chef de famille à l'heure de sa mort,
Voyant ses fils pourvus, avec calme s'endort,

Dans ton éternité tu peux t'asseoir tranquille.
Car pour l'éternité ta parole est fertile :
O toi qui de l'amour fis ta première loi,
O Jésus ! l'univers est à jamais à toi.

A ma Mère

Si je ne t'aimais pas, qui donc pourrais-je aimer ?
Quand ton cœur au mien seul semble se ranimer,
Lorsque dans tout le jour peut-être il n'est point d'heure
Que ta pensée aimante autour de ma demeure
Ne vienne, redoutant mille lointains périls
Et des chagrins sans nombre et dont souffre ton fils !
Et quel est ton bonheur, sinon avec ta mère,
Mon autre mère aussi (car le destin sévère,
Sous lequel je me traîne et m'agite aujourd'hui,
Du moins me réservait en vous un double appui),

Toutes deux en secret quel bonheur est le vôtre,
Sinon de me pleurer, et toujours l'une à l'autre
De parler de celui que vous ne pouvez voir,
D'une lettre en retard qu'on eût dû recevoir,
Qui vous arrive enfin, mais rouvre vos alarmes?
Et que vous arrosez, comme moi, de vos larmes?
Et vous vous consultez; et tu m'écris alors
Pour forcer ma paresse à de neuveaux efforts :
C'est mon sort, c'est le tien; au besoin tu m'en pries;
Et qu'il faut triompher de ces sauvageries,
De ces fières humeurs, de ces hauteurs de ton
Que me transmit mon père avec le sang breton;
Puis viennent de ces riens, de ces mots, de ces choses,
Que toute femme trouve, en écrivant, écloses,
Qu'on baise avec transport, et qu'on relit tout bas!
Oh! qui pourrais-je aimer, si je ne t'aimais pas?
Et malgré tes avis, mes soins de toute sorte,
Si ma mauvaise étoile, enfin, est la plus forte,
Si je sens par degrés mon âme se flétrir
Et se miner mon corps, vers qui donc recourir?
Vers toi, qui toujours douce, et bienveillante et bonne,
D'un reproche tardif n'affligerais personne,

Dont l'esprit indulgent n'a pas encor vieilli,
Dont le front, jeune encore, est demeuré sans pli !
Lorsque seule, en hiver, assidue à l'ouvrage,
Le soir, tu sentiras défaillir ton courage,
Songeant que, sans profit pour mon bien à venir,
J'ai quitté la maison pour n'y plus revenir ;
Quand ton cœur abîmé dans cette idée amère
Sera près de se rompre, alors prends, ô ma mère !
Prends ce livre qu'ici j'écrivis plein de toi,
Et tu croiras me voir et causer avec moi !
Tes conseils, mes regrets, nos communes pensées
Y sont avec amour et jour par jour tracées ;
Ce livre est plein de toi ; dans la longueur des nuits,
Qu'il vienne, comme un baume, assoupir tes ennuis !
Si ton doigt y souligne un mot frais, un mot tendre,
De ta bouche riante, enfant, j'ai dû l'entendre ;
Son miel avec ton lait dans mon âme a coulé ;
Ta bouche, à mon berceau, me l'avait révélé.

Marie

Paris m'avait glacé par deux grands mois de pluie :
Alors, comme au soleil un jeune oiseau s'essuie,
Je m'enfuis vers Marseille, opulente cité,
Et dans tout son bonheur j'y retrouvai l'été.
Le golfe étincelait, et son odeur saline
M'arrivait mollement jusques à la colline
Où, fatigué du bruit des chantiers ou du port,
Parmi les arbrisseaux je pensais à mon sort.
« Que cette terre est chaude, et que ce soleil brille !
Disais-je ; mais où sont mes amis, ma famille ? »

Et voilà que mon cœur retourne vers Paris,
Et puis m'emporte au loin sous le ciel morne et gris
De mon pays natal : la bruyère est déserte ;
Sur les rocs du Poull-dù la vague roule verte ;
Chaque porte est fermée ; et l'on entend mugir
L'horrible vent de l'ouest aux angles du men-hir.

Oui, Dieu veille sur nous ! Tandis que dans mes rêves
Je retrouvais ainsi ma province et ses grèves,
Et que, de lieux en lieux, errant sans le savoir,
Ma pensée arrivait d'elle-même au Moustoir,
Au tournant d'une allée, à travers quelques branches
Je vis sur le ciel clair flotter des coiffes blanches,
Et monter haletante, et le front tout en eau,
Une fille portant les modes d'Arzannô ;
Derrière elle un marin venait tenant un cierge,
Et du Fort-de-la-Garde ils allaient voir la Vierge.
Ah ! lequel dut sentir un bonheur plus subit,
Moi, quand elle passa sous son étrange habit,
Elle, quand, sur la route écartant les broussailles,
Je lui criai bonjour en langue de Cornouailles ?
Le marin s'arrêta : « Suzic, entendez-vous ? -

Un homme du pays a parlé près de nous ! »
Je descendis vers eux. Il était de ma ville ;
Son brick au premier vent repartait chargé d'huile
Sa femme le suivait sur mer, dans ses longs cours,
Avec son corset bleu tout bordé de velours,
Ses coiffes qu'il aimait ; telle qu'un jeune mousse,
La nuit, elle chantait à bord d'une voix douce :
Et, l'écoutant chanter, lui se croyait encor
A l'ancre, dans les eaux profondes de l'Armor.
« Ces gens-ci, me dit-il, admirent son costume,
Mais c'est ainsi chez nous : tel bourg, telle coutume ;
Nos filles de la côte ont des vêtements noirs ;
Sur les coiffes, ailleurs, on place des miroirs. »
Durant ces mots, voyant ce front mâle et sévère,
Ces gestes de marin, je songeais à mon père.
Il reprit : « Nous avons des crêpes, du lait doux :
Venez nous voir à bord et causer avec nous. »

O Marseille ! voilà comme en ton port antique
Je vis, bien triste un jour, venir mon Armorique ;
Et lorsque cette femme apparut devant moi,
Comme mon cœur s'emplit d'une si grande foi,

13

Et se laissa si bien prendre à sa rêverie,
Que, rendant grâce à Dieu, je me dis : « C'est Marie ! »
O Marseille ! chez toi, pour ce bon souvenir,
Et pour d'autres encor, je voudrais revenir !
Ta campagne est brûlée, et sur tes monts de craie
Il n'est point d'herbe humide ou de châtaigneraie ;
Mais la mer d'Orient te baigne de ses flots :
Tes deux quais sont couverts de joyeux matelots ;
J'aime tes vieux bergers et les troupeaux de chèvres
Aux bassins de Meilhan le soir trempant leurs lèvres ;
Enfin dans tes murs grecs si j'invoquais Platon,
Des amis m'écoutaient volontiers, moi Breton :
Ma race aux longs cheveux est fille de l'Asie,
Et la lande a gardé la fleur de poésie.

La Chaîne d'or

C'est un usage encor dans nos pieux rochers :
Aux approches du soir, quand les jeunes vachers
Ramènent en sifflant leurs troupeaux à l'étable,
Ces enfants croiraient faire une action coupable
S'ils éteignaient alors la braise du tison
Qui fuma tout le jour dans le creux d'un buisson.
Durant la nuit, qui sait si l'âme d'un vieux pâtre
Ne viendra point s'asseoir sur la pierre de l'âtre,
Et, frileuse, y souffler, de même qu'autrefois
Ce vieux pâtre en gardant ses vaches dans les bois ?

Si le chef d'une ferme, ou la mère, ou la fille,
Si quelque membre enfin décède en la famille,
Les ruches qui chantaient aux deux côtés du seuil
Sont couvertes de noir, en signe d'un grand deuil :
Aux pleurs de la maison, à toutes ses prières
On veut associer ce peuple d'ouvrières.
Au contraire, à la ferme, un matin fortuné,
Qu'après neuf mois d'attente arrive un nouveau-né,
Qu'un bonheur imprévu dans la famille eclate,
Chaque ruche reçoit un voile d'écarlate ;
Tous ont l'habit de fête, et dans les deux maisons
On entend résonner la joie et les chansons.
Non, non, la poésie, amour d'une âme forte,
L'antique poésie au monde n'est pas morte ;
Mais cette chaîne d'or, ce fil mystérieux
Qui liait autrefois la terre avec les cieux,
Notre orgueil l'a rompu ; devant tant de merveilles
Nous sommes aujourd'hui sans yeux et sans oreilles.
Quelques pâtres grossiers, des poètes enfants,
Plus forts que la science et ses bras étouffants,
Doux et simples d'esprit, seuls devinent encore
L'ensemble harmonieux du monde qui s'ignore,

De la terre et du ciel la secrète union,
Et les liens cachés de la Création.
Le monde est une chaine électrique, mouvante :
Dieu tient par l'un des bouts cette chaine vivante ;
Dans chaque anneau descend un invisible feu,
Qui, les parcourant tous, remonte jusqu'à Dieu.
Gloire dans leurs hameaux, quand la nature entière
N'est plus pour le savant qu'une aride matière,
Un sujet de calculs orgueilleux et menteurs,
Gloire, dans leurs hameaux, à ces humbles pasteurs !
Le monde est pour eux seuls une douce harmonie,
Et leur âme innocente à la sienne est unie.
Tout s'enchaîne à leurs yeux ; et le bruit de la mer,
La voix des animaux, les sifflements de l'air,
Tout leur parle et leur dit la vie universelle ;
Elle respire en eux, ils respirent en elle ;
L'abeille rit et chante autour de leur berceau,
Et l'humide matin pleure sur leur tombeau.

Quand Louise mourut à sa quinzième année,
Fleur des bois par la pluie et le vent moissonnée,
Un cortège nombreux ne suivit pas son deuil ;

Un seul prêtre, en priant, conduisait le cercueil ;
Puis venait un enfant qui, d'espace en espace,
Aux saintes oraisons répondait à voix basse ;
Car Louise était pauvre et jusqu'en son trépas
Le riche a des honneurs que le pauvre n'a pas :
La simple croix de buis, un vieux drap mortuaire,
Furent les seuls apprêts de son lit funéraire ;
Et quand le fossoyeur, soulevant son beau corps,
Du village natal l'emporta chez les morts,
A peine si la cloche avertit la contrée
Que sa plus douce vierge en était retirée.
Elle mourut ainsi. — Par les taillis couverts,
Les vallons embaumés, les genêts, les blés verts,
Le convoi descendit au lever de l'aurore ;
Avec toute sa pompe Avril venait d'éclore,
Et couvrait en passant d'une neige de fleurs
Ce cercueil virginal, et le baignait de pleurs ;
L'aubépine avait pris sa robe rose et blanche,
Un bourgeon étoilé tremblait à chaque branche ;
Ce n'étaient que parfums et concerts infinis :
Tous les oiseaux chantaient sur le bord de leurs nids.

Le Retour

Souvenirs du pays, avec quelle douceur,
Hélas! vous murmurez dans le fond de mon cœur!
Couché dans les genêts, comme une jeune abeille
Vous bourdonne en passant ses plaintes à l'oreille,
Ou comme un gros nuage en traversant les cieux
De fantômes sans nombre égaye au loin vos yeux,
Souvenirs du pays, au dedans de moi-même
Ainsi vous murmurez; et les landes que j'aime,
Mes îles, mes vallons, mes étangs et mes bois,
S'éveillent, et toujours et partout je les vois!

Bourgs d'Ellé, je reviens ! Accueillez votre barde !
Vieux Matelinn, l'aveugle, allons, prends ta bombarde !
Place-toi sur ta porte, et pour moi joue un air,
Quand je traverserai le pont de Gorré-Ker !

L'art est trop orgueilleux de ses beautés apprises,
Dont le cœur est lassé dès qu'il les a comprises.
L'art se pare et s'admire, et marche avec fierté ;
Des pans de sa tunique il couvre la cité ;
Son front est parfumé, son port plein de noblesse ;
Mais il n'a pas reçu la vie et la souplesse ;
Les vents n'ont point bruni ses tempes, ni les mers
Reflété dans ses yeux leurs flots sombres et verts.
Marie ! ô brune enfant dont je suivais la trace,
Quand vers l'étang du Rorh tu courais avec grâce,
Tout en faisant les blés, toi qu'au temps des moissons
Les jeunes laboureurs nommaient dans leurs chansons,
Entends aussi ma voix qui te chante, ô Marie !
O tendre fleur cachée au fond de ma patrie,
Montre-toi belle et simple, et douce avec gaîté,

Pareille au souvenir qui de toi m'est resté,
Quand ta voix se mêlait, retentissante et claire,
Au bruit des lourds fléaux qui bondissaient dans l'aire,
Ou lorsque sur la meule, au milieu des épis,
Tu venais éveiller les batteurs assoupis.
Ne crains pas si tu n'as ni parure ni voile !
Viens sous ta coiffe blanche et ta robe de toile,
Jeune fille du Scorf ! Même dans nos cantons,
Les yeux n'en verront pas de plus belle aux Pardons
Mais de ces souvenirs dont l'ombre m'environne
C'est assez, feuille à feuille, éclaircir la couronne :
Les fruits de mes amours qu'il me reste à cueillir,
Dans mon cœur, pour moi seul, je les laisse vieillir.

Bourgs d'Ellé, je reviens ! Accueillez votre barde !
Vieux Matelinn, l'aveugle, allons, prends ta bombarde !
Place-toi sur ta porte, et pour moi joue un air,
Quand je traverserai le pont du Gorré-Ker !

O puissante nature ! en tous lieux, sur ta route,

Tu répands la beauté qui charme et qu'on écoute ;
De l'homme heureux et fort tu distrais les regards ;
Et, quand notre destin gronde de toutes parts,
En ces jours de discorde et de haine jalouse,
Comme on baise en pleurant les lèvres d'une épouse,
A ton souffle amoureux on vient se ranimer,
Et dans ton sein fecond pleurer et s'enfermer !
Ah ! quel père, aujourd'hui, la joie au fond de l'âme,
En prenant son enfant des genoux de sa femme
Et sous sa large main tenant ce jeune front,
Heureux de s'y revoir, frais, souriant et blond,
A ces rares instants où la vie est complète,
Où l'âme se nourrit d'une douceur muette,
Quel père tout à coup n'a frémi malgré lui,
Songeant dans quel chaos le monde erre aujourd'hui,
Et quel nuage épais, quelle sombre tempête,
Semblent s'amonceler au loin sur chaque tête ?
Bienheureux mon pays, pauvre et content de peu,
S'il reste d'un pied sûr dans le sentier de Dieu,
Fidèle au souvenir de ses nobles coutumes,
Fier de son vieux langage et fier de ses costumes,
Ensemble harmonieux de force et de beauté,

Et qu'avec tant d'amour le premier j'ai chanté !

Bourgs d'Ellé, je reviens ! Accueillez votre barde !
Vieux Matelinn, l'aveugle, allons, prends ta bombarde.
Place-toi sur ta porte, et pour moi joue un air
Quand je traverserai le pont du Gorré-Ker !

Marie

« Ouvre ! c'est moi, Joseph ! — Quoi ! si tard en voyage !
N'as-tu pas rencontré les chiens près du village ?
Bon Dieu ! seul et si tard dans le creux des chemins !
A ce feu de Noël viens réchauffer tes mains.
Noël ! t'en souvient-il ? quand, pour bâtir la crèche,
Les prêtres nous menaient cueillir la mousse fraîche ?
— Ne ris pas ! c'est Noël qui chez toi me conduit ;
Je viens entendre encor la messe de Minuit.
— Nous irons avec toi toute la maisonnée.
Ma jeune femme aussi. Car, depuis une année,

J'ai pris femme, au moment d'être soldat du roi.
A ton tour, mon ami, près du feu conte-moi
Les pays d'où tu viens... C'est du vieux cidre! Approche!
Mélèn, appelez-nous au premier son de cloche. »

Soyez béni, mon Dieu! Dans les biens d'ici-bas,
Ceux qu'on poursuit le plus, je ne les aurai pas.
Il en est quelques-uns, hélas! que je regrette;
Mais il en est aussi que la foule rejette,
Et votre juste main me les donna, mon Dieu!
Des biens que je n'ai pas ceux-ci me tiennent lieu.
Dans cette humble maison, près de ce chêne en flamme,
Ce soir, je vous bénis, et du fond de mon âme!

Par un gai carillon enfin fut annoncé
L'office de Minuit. « Le chemin est glacé,
Disait Joseph Daniel en traversant la lande.
Chaque pas retentit. Comme la lune est grande!
Entends-tu, dans le pré, des voix derrière nous?
— Oui, j'entends des chrétiens, des pasteurs comme
Ils ont vu cette nuit la légion des anges   [vous.
Passer et du Très-Haut entonner les louanges :

Gloire à Dieu! gloire à Dieu dans son immensité!
Paix sur la terre aux cœurs de bonne volonté!
Et tous vont adorer Jésus, l'enfant aimable,
Le roi des pauvres gens, le Dieu né dans l'étable.

O vivants souvenirs! La nuit, par ce beau ciel,
Tandis que nous marchions en célébrant Noël,
Les arbres, les buissons, les murs du presbytère,
Dans la brune vapeur passaient avec mystère.

Toute l'église est pleine; et, courbant leurs fronts nus,
Les pieux assistants chantent l'Enfant Jésus;
Chaque femme en sa main porte un morceau de cierge;
On a placé la crèche à l'autel de la Vierge;
Je reconnais les Saints, la lampe, les deux croix;
Enfin tout dans l'église était comme autrefois.
Moi seul je n'étais plus debout, près du pupitre,
Chantant à l'Évangile et chantant à l'Épître;
Mais, oublié des gens qui m'avaient bien connu
Et s'informaient entre eux de ce nouveau venu,
Je restais, comme une Ombre, immobile à ma place,
Muet, ou pour pleurer les deux mains sur ma face.

A la Communion, quand le prêtre arriva
Offrant le corps du Christ, mon front se releva.
Les hommes, les enfants et les femmes ensuite
Marchèrent lentement vers la table bénite ;
Et, comme en un festin où beaucoup sont priés
Les mets sont tour à tour servis aux conviés,
Dès qu'un communiant avait reçu l'hostie,
Du ciboire sortait la blanche Eucharistie.
Seul encor je n'eus point ma part de ce repas.
Mais quand, les yeux baissés et murmurant tout bas,
Les femmes s'avançaient vers la douce victime,
J'essayai de revoir (Seigneur, était-ce un crime ?)
Celle qui, près de moi, dans notre âge innocent,
A votre saint banquet s'assit en rougissant.
Je ne la nomme plus ! Mes yeux avec tristesse
La cherchèrent en vain cette nuit à la messe ;
Dans la paroisse en vain je la cherchai depuis :
Elle a quitté sa ferme et quitté le pays ;
Mais son sort, quel qu'il soit, m'entraînera moi-même :
Je vais, les bras ouverts, suivant celle que j'aime.

Terminons, il le faut, ce récit du passé,
Que je reprends toujours après l'avoir laissé...
Enfin la messe dite, et, vers la troisième heure,
Lorsque les assistants regagnaient leur demeure,
Mon hôte m'appela. « Quelque chose au retour
Nous attend, disait-il, sur la pierre du four.
— Hâtons-nous ! hâtons-nous ! » disait la jeune femme.
Or tant d'émotions fermentaient dans mon âme,
Qu'au détour d'un sentier, soudain quittant Daniel,
Par la lande j'allai tout droit vers Ker-rohel ;
Et, de ces hauts rochers où brillait la gelée
A mes pieds regardant le Scorf et sa vallée,
Je laissai de mon cœur sortir un chant d'amour
Que rien n'interrompit jusqu'au lever du jour.
Il semblait à longs flots rouler vers la rivière,
Ou suivre le vent triste et froid de la bruyère :
Et c'était un appel à la Divinité,
Pour toute nation un vœu de liberté ;
C'étaient, ô mon pays ! des noms de bourgs, de villes,
D'épouvantables mers, et de sauvages îles,
Noms plaintifs et pareils aux cris d'un homme fort

Luttant contre la main qui le traîne à la mort!...
Oui, nous sommes encor les hommes d'Armorique,
La race courageuse et pourtant pacifique,
Comme aux jours primitifs la race aux longs cheveux,
Que rien ne peut dompter quand elle a dit : « Je veux ! »
Nous avons un cœur franc pour détester les traîtres,
Nous adorons Jésus, le dieu de nos ancêtres,
Les chansons d'autrefois toujours nous les chantons !
Oh ! nous ne sommes pas les derniers des Bretons :
Le vieux sang de tes fils coule encor dans nos veines,
O terre de granit recouverte de chênes !

TABLE

Imp. A. Lemerre, 6, rue des Bergers, Paris.